鬥嘴一班 ③1
好戲大舞台

卓瑩 著

新雅文化事業有限公司
www.sunya.com.hk

人物介紹

文樂心（小辮子）

開朗熱情，好奇心強，但有點粗心大意，經常烏龍百出。

高立民

班裏的高材生，為人熱心、孝順，身高是他的致命傷。

江小柔

文靜溫柔，善解人意，非常擅長繪畫。

胡直

籃球隊隊員，運動健將，只是學習成績總是不太好。

黃子祺

為人多嘴,愛搞怪,是讓人又愛又恨的搗蛋鬼。

周志明

個性機靈,觀察力強,但為人調皮,容易闖禍。

吳慧珠 (珠珠)

個性豁達單純,是班裏的開心果,吃是她最愛的事。

謝海詩 (海獅)

聰明伶俐,愛表現自己,是個好勝心強的小女皇。

　　文樂心、江小柔、吳慧珠和謝海詩剛步下校車，便聽得校園內一片人聲鼎沸。

　　「今天很熱鬧啊！」她們即時被

今天很
熱鬧啊！

校巴

氣氛感染，立刻大踏步地向着校園走去。

甫跨過大門的鐵閘，一幅懸在外牆上的大紅花牌，便把她們的目光吸引住。

這幅巨型花牌大概有兩米多闊，中央以金色的手工紙拼湊出「香港文化日」五個大字，四周還以鮮豔的色

紙砌成各種吉祥的圖案，顯得分外醒目亮眼。

「花牌很大很漂亮啊！」江小柔讚歎一聲。

這時時間尚早，柔和的晨光才剛爬到樹梢，操場內卻已經擠滿了人。

四名穿着中式功夫服的年輕男子，正分別舞動着一雙紅色和金色的醒獅，他們以靈活的身手，做出各種高難度的動作，引得在旁圍觀的同學們不停拍手歡呼。

文樂心撓着小辮子，疑惑地問：

「今天是香港文化日，又不是校慶，怎麼會有醒獅表演的？」

謝海詩托了托眼鏡笑道：「喜慶節日時常見的醒獅表演，正正就是香港非物質文化遺產之一嘛！」

就在這時，兩頭醒獅突然一個縱身，騰空躍到兩根高高的木樁上，爭相搶奪一束懸吊在一樓欄杆上的青菜。

「喲，醒獅要『採青』了呢！」

江小柔趕緊昂起頭來。

吳慧珠不解地問：「什麼是『採

青』？」

　　謝海詩白她一眼：「你連這個也
不懂嗎？就是指醒獅躍到木椿上，把
青菜摘下來，帶有如意吉祥的寓意，
許多店舖開業時，都愛安排採青這個
環節，以便取個好兆頭呢！」

　　正當大家看得投入時，一陣誘人
的香氣撲鼻而來。

　　「咦，哪兒來的麵包香味啊？」
　　吳慧珠深吸一口氣。

文樂心見到一位風紀姐姐正守在大樓梯間，殷勤地向路過的同學推介活動，於是上前查詢道：「姐姐，請問你知道這些香味是從哪兒來的嗎？」

風紀姐姐往樓梯上指了指，故作神秘地笑道：「各層的教室都在舉辦不同的活動，當中包括具有香港特色的美食製作坊，你們快去參加吧！」

「哇，有美食呢！」吳慧珠即時兩眼發光，迫不及待地拉着文樂心、

　　江小柔和謝海詩，匆匆地往樓上跑。

　　她們站在一樓的走廊，放眼望去，但見平日的教室都被裝飾成不同的活動室，當中除了有跟香港文化主題相關的遊戲攤位外，還設有香港特色美食、燈籠紮作和花牌紮作等製作

坊，活動十分豐富。

　　吳慧珠一口氣來到美食製作坊，
只見視藝科的鄧老師化身成麵包師
傅，正在示範菠蘿包和蛋撻的製作過
程，兩旁的桌子上還放着香噴噴的製
成品，給同學們隨意品嘗。

熱騰騰的菠蘿包和蛋撻就在眼前，早已食指大動的吳慧珠再也顧不得儀態，隨手取起一個菠蘿包便往嘴裏塞。

謝海詩眉頭一皺：「你別一副狼

喀喀喀……

吞虎嚥的樣子，小心嗆到啊！」

　　誰知她的話還未完，吳慧珠已
「喀喀」的連聲咳嗽起來。

　　江小柔見她咳得辛苦，忽地靈光
一閃：「隔壁不是有奶茶和涼茶製作
坊嗎？不如帶她去喝一些，緩解一下
吧！」

隔壁的製作坊果然正在教授奶茶製作，桌上同樣放着一杯杯的製成品。

　　吳慧珠也不管三七二十一，衝上前取起一杯奶茶，骨碌骨碌地全喝光，卻還有些意猶未盡，便轉身再走到製作涼茶的攤子，又喝了一大杯涼茶。

　　謝海詩見她喝得多了，忙上前拉着她離開，往前方的燈籠紮作坊走去。

　　高立民、胡直、黃子祺和周志明都拿着長長的薄竹片，專心一意地跟

紮作師傅學習製作燈籠。

　　剛完成了的高立民，炫耀地把他的楊桃燈籠舉得老高，翠綠色的玻璃紙，隨着燈籠的晃動而熠熠發亮。

　　文樂心見燈籠造型十分美觀，忍不住上前問道：「製作這個燈籠難不難？」

「對我來說當然不難！」高立民瞄她一眼，輕笑着道：「但對你來說嘛⋯⋯就難說了！」

「哼，這有什麼難的？」文樂心被他一言激起好勝心，忿忿地取起桌上的竹片、沙紙等工具，便開始埋頭製作起來。

不過由於她錯過了前段的教學示範，又不好打擾還在講解的導師，只好自行摸索，結果卻弄得歪歪斜斜的不成樣子。

「你這是絲瓜還是鱷魚啊？」高立民吃吃地取笑道。

　　就在這時，廣播站忽然宣布：「五樓禮堂即將有大型表演活動，歡迎各位同學到場欣賞！」

　　江小柔興奮地說：「我們快去看看！」

　　於是他們一行八人，便提着自製

的燈籠，浩浩蕩蕩地向着五樓禮堂進發。

　　途經三樓洗手間的時候，喝多了水的吳慧珠拉着江小柔，想要順道進去一趟。

　　正當二人來到門外時，一張又白又紅的怪臉孔，猛然從旁邊的男廁冒出來，把她們嚇得尖聲大叫。

第二章　專業的小演員

　　吳慧珠和江小柔被那張古怪的臉孔嚇了一大跳，下意識地往後急退，卻正好跟走在後頭的高立民和黃子祺撞了個正着。

高立民被她們撞得手上一鬆，握在手中的楊桃燈籠「啪」的一聲掉到地上，不巧被吳慧珠一腳踏扁了。

「我的燈籠啊！」高立民失聲喊叫。

我的燈籠啊！

文樂心和謝海詩趕上來一看，發現那張古怪的臉孔，其實只是一個在臉上畫了紅白色臉譜、穿着一身深啡色衣服的男生而已。

　　謝海詩不禁失笑：「不過就是個畫了大花臉的小男生，你們怎麼就怕成這樣？」

高立民得知那男生才是罪魁禍首，十分生氣，正要上前跟他理論，誰知那男生只匆匆說了聲「對不起」，便頭也不回地往樓上跑去。

看着那男生施施然地一走了之，

高立民越發惱火，卻又有冤無處訴，只好回頭瞪了吳慧珠和江小柔一眼，抱怨道：「都是你們害的！」

「對不起，我們不是故意的！」她們都十分內疚。

高立民仍然氣呼呼地說：「我不管，你們把燈籠還給我！」

謝海詩見他得理不饒人，忍不住幫腔道：「剛才事出突然，你自己不是也同樣吃了一驚嗎？怎麼能怪她們？」

胡直大方地把自己的燈籠，往高立民手裏一塞：「別生氣了，我把我

給你！

的燈籠送給你吧！」

「這不一樣！」高立民雖然仍未消氣，但為免顯得自己氣量狹小，只好抿了抿嘴，鼓着氣不再言語。

當他們來到五樓時，陣陣「咚咚鏘」的鑼鼓聲與樂曲聲已嚮徹禮堂。

原來表演已經開始，禮堂內早已坐滿各級的同學，他們只好隨便找個位子坐下來。

台上正在上演一場《孫悟空大鬧天宮》的粵劇折子戲，好幾位臉上化了濃妝、穿着閃亮戲服的表演者，正手握紅白相間的纓槍，跟一位臉上繪有紅白臉譜的孫悟空，一邊唱一邊做出連串對打的動作。

他們不但唱腔了得，身手更是靈活，每一個動作都與鑼鼓配合得天衣無縫，令熱愛唱歌和藝術的江小柔看得入迷。

看着看着，江小柔似乎察覺到什麼似地「咦」了一聲：「這些表演者，好像跟我們差不多大啊！」

身後傳來一把溫柔的聲音：「他們都是來自鄰校碧海小學粵劇組的學員，是經過專業導師培訓的小演員啊！」

大家回頭一看，原來徐老師正坐在他們後頭。

江小柔恍然地讚道：「怪不得他們都功架十足，驟眼看去我還以為是專業演員，尤其是飾演孫悟空的那一位，身手特別靈巧！」

「是嗎？」文樂心眯起眼睛細看，但旋即一臉驚異地指着舞台喊：「你們看，那位畫着紅白臉譜的孫悟空，不就是剛才在男廁門外碰到的男生嗎？」

高立民立刻扭頭望去，發現果然正是那個沒禮貌的傢伙，頓時眉頭一皺：「怎麼會是他啊！」

黃子祺只瞅了孫悟空一眼，便不

屑地笑道：「大家都穿着亮麗的戲服，唯獨他畫了個鬼臉，難道臉上長了塊大瘡疤？」

「你懂什麼？這是粵劇中的臉譜呢！」謝海詩回頭白他一眼。

徐老師點點頭接着道：「為了突

顯某些角色的性格和身分，粵劇演員
會在臉上勾畫特定的顏色及圖案，例
如紅色代表忠義、白色代表奸險等，
使觀眾易於分辨。」

　　她頓了頓又再補充道：「至於眼
前這個紅白臉譜，正是孫悟空的專屬
臉譜。」

文樂心點點頭道：「他身手不凡，怪不得演得如此生動！」

連胡直也忍不住讚道：「對啊，他剛才出場時，還一口氣連翻幾個跟斗呢，真厲害！」

聽到大家都對這位孫悟空讚不絕口，高立民心中大是不悅：「哼，他本來就是個沒禮貌的小毛孩，飾演孫悟空這種頑皮的角色自然是得心應手，有什麼了不起？」

第三章　傳統也趕潮流

粵劇表演在一片雷動的掌聲下結束，小演員們都列隊向觀眾鞠躬致謝。

羅校長信步走到台前，滿臉欣喜地讚道：「沒想到各位小演員年紀輕輕，在粵劇的造詣上已經達到如此水平，飾演孫悟空的譚宇軒同學表現尤其出眾，如能繼續多下苦功，必定可以成為新一代的粵劇接班人！」

高立民不服氣地咕嚕：「哼，他哪有羅校長說的那麼好？」

羅校長又緊接着笑道：「粵劇是一種揉合了唱做唸打、服飾設計、樂曲演奏及創作等多方面的表演藝術，它不但是我們的本土文化，也同時是香港及國家級非物質文化遺產之一，十分值得我們繼續傳承與開拓。為此，我們誠邀了碧海粵劇團的丁老師，以客席導師的身分於本校開辦粵劇班，有興趣認識粵劇這門表演藝術的同學，千萬別錯過啊！」

一聽到這個消息，文樂心和江小柔即時雀躍地喊道：「耶！我們可以一嘗當花旦的滋味呢！」

「穿上那些閃亮的戲服和頭飾，必定會很漂亮吧？」吳慧珠昂着頭，幻想着自己穿上戲服時的模樣。

胡直則興奮地舞動拳頭：「太好了，我最想學孫悟空那些厲害的招式呢！」

「對啊，特別是翻跟斗和對打時的姿勢，真是帥氣極了！」黃子祺也十分雀躍。

「真有這麼好玩嗎？」高立民把眉頭皺成一團。

他雖然不是太感興趣，但也不願意落後於人，更不願意輸給那個叫譚宇軒的男生，於是也就跟着大家一起報名參加。

一個月後的某天下課後，第一堂的粵劇班正式開始。

丁老師是一位資深的粵劇前輩，舞台經驗十分豐富，她首先為大家介

紹道：「粵劇的第一步，便是學習『唱、做、唸、打』，亦即是唱腔、做手、唸白和武打四個基本功，而今天我便先從『唱』說起。」

　　她輕輕掃視了同學們一眼，才又接着說道：「粵劇中的男性角色稱為

『生角』，女性稱為『旦角』，而唱腔便是按性別分為生、旦兩種。生角唱的是平喉，聲調較自然；旦角唱的是子喉，聲調要比平喉為高。」

丁老師取出一張白紙條，上面印着「合士乙上尺工反六五」九個大字：「這九個字是古代沿用已久的音譜，又名『工尺譜』，每個字都代表一個音階，功能相當於西方五線譜上的音符。」

文樂心覺得有趣極了，立刻興致勃勃地跟着唸起來。

當她唸到「尺」字時，丁老師搖

頭糾正道：「它們的讀音跟廣東話不同，譬如『合』應唸『何』、『乙』唸『二』、『尺』要唸『車』等等。」

丁老師語畢，便接着朗聲示範了一遍。

「唷，原來唱起來時，跟西方的音符也差不多啊！」黃子祺覺得很神奇，便立即張口跟着唱起來。

可惜他還未弄清每個字的正確讀音，音階又不準，一時唱得荒腔走板。

「這是什麼聲音啊！」吳慧珠難受得皺起眉頭，連文樂心和江小柔也

忍不住摀住了耳朵。

　　「別急，要做到字正腔圓，並
非一朝一夕的事。」丁老師理解地一
笑，不慌不忙地打開電子手帳，向大
家展示道：「這是一個參照工尺譜製
作的樂器演奏程式，你們可以嘗試以

工尺譜演奏樂曲，從中領悟工尺譜的
音階啊！」

　　「丁老師，我想試試看！」文樂
心首先衝上前去。

　　程式的設計十分簡單，文樂心一
下子便弄懂了：「原來只要按動功能

鍵，選擇想要彈奏的樂曲及樂器就行了，對吧？」

丁老師點點頭道：「沒錯，只要選出樂曲的工尺譜，便可以開始彈奏。」

文樂心選了一首大家都熟悉的樂曲，然後按照屏幕上顯示的工尺譜，像按動琴鍵一般彈奏起來。

看似不經意地一敲一敲，熟悉的旋律卻從指間溢出來。

合士乙上尺工反六

「原來電子科技也能應用到粵曲演奏上，而且效果還不錯呢！」江小柔驚喜地喊。

其他同學見狀，都爭相上前嘗試，大家一邊彈奏一邊唸着工尺譜，不知不覺便把那九個字的音階記得滾瓜爛熟。

第四章　不速之客

完成第一堂課後，大家對粵劇都有了嶄新的認知，特別是對那個演奏程式。

文樂心欣喜地說：「我本以為粵劇教學會很古板乏味，沒想到原來會這麼有趣！」

「對啊，電子工尺譜程式，真的挺好玩呢！」黃子祺連聲讚道。

連原本對粵劇興趣缺缺的高立民，也昂起鼻子笑道：「工尺譜其實也沒想像中難嘛，我只跟着唱了兩

回，便完全記下來了啦！」

　　隔天下午，當他們再次步入活動室時，只見丁老師正把左腿擱在牆邊一根及腰的欄杆上，與右腿形成九十度角，並同時做着彎腰的動作。

「丁老師在幹什麼呢？」大家正自疑惑，丁老師已吩咐道：「請大家像我這樣把腿放在木杆上，先壓壓腿拉拉筋，熱身一下。」

「這也沒什麼嘛！」黃子祺見動作簡單，不假思索便把腿往欄杆上擱。

然而，向來沒有運動習慣的黃子祺，一身筋骨都硬得像石頭，無論怎麼使勁，他的一條腿竟然連木杆的邊也碰不着。

「木杆怎麼會這麼高？」黃子祺抱怨地喊。

　　文樂心和江小柔雖然比他好一
點，但也只能勉強做出壓腿的姿勢，
一雙腿卻搖搖晃晃，無法站得穩當。

　　「你們是在玩人肉蹺蹺板嗎？」
高立民和胡直都哈哈大笑。

　　但時間久了後，他們倆也開始感到有些吃力。

　　正當大家都快要支持不下去時，丁老師微笑着說：「告訴大家一個好消息，今年的粵劇日，我們將會聯同

碧海粵劇班的學員，參加一場大型的粵劇折子戲大匯演。」

聽到有演出的機會，大家頓時精神一振。

吳慧珠喜滋滋地說：「太好了，我終於有機會可以穿上那些閃亮繽紛的戲服呢！」

江小柔也興奮地接口說：「我最喜歡金光閃閃的頭飾了。」

高立民忽然心頭一動：「既然是兩個劇團聯合公演，那麼是不是就意味着我可以有機會與譚宇軒一較高下了？」

丁老師瞧了大家一眼，微笑着又道：「不過，由於這次是大型的公開演出，為了確保表演能達到一定水平，我們將會為大家進行考核，能成功通過考核的同學，方能代表劇組粉墨登場。」

已經累垮了的同學們都一挺身子，期望能得到丁老師的青睞，從而有機會一踏台板。

在接下來的一個多月，大家都拼命練習各種基本功，漸漸也就適應下來，有些同學甚至開始感受到鍛煉的好處。

吳慧珠原地轉了一圈，刻意直着身子問道：「你們有沒有察覺到，我最近的體型消減了不少？」

　　黃子祺從頭到腳打量她一回，嘿嘿笑道：「我倒覺得你是越長越矮了。」

　　對於「矮」字特別敏感的高立民眉頭一挑，即時反駁道：「誰說會矮的？適當的拉筋，可以有助發育才真呢！」

　　「我覺得近日精神特別充沛，上課時腦筋也靈活多了！」文樂心深有同感。

江小柔也和應道：「每次上完粵劇班，我都睡得特別香呢！」

黃子祺則聳了聳肩，一副無所謂地笑道：「我但求能順利通過考核，便已經心滿意足了！」

胡直自信地揚了揚臂膀：「放心吧，一定不成問題的！」

也許因為有了充分的準備，又或者是丁老師的要求並不是太高，總而言之，當丁老師正式為大家進行考核時，無論是壓腿還是其他身段做手，他們都能一一順利完成。

「耶！我們可以一起參加粵劇演

出了！」大家齊聲歡呼。

　　高立民更是滿心歡喜，好不容易盼到下次上課，誰知他剛踏進活動室，便發現室內多了一班不速之客。

　　高立民的笑臉，頓時凝住了。

第五章　長袖不善舞

原來在這班陌生人當中，竟然出現了一張高立民最不樂見的臉孔——譚宇軒！

高立民瞪着譚宇軒，訝異得衝口而出，問道：「你怎麼會在這兒？」

你怎麼會
在這兒？

譚宇軒對
他似乎也有點印
象，當即禮貌地點頭招
呼道：「你好，我叫譚宇軒！」

　　高立民見他一副彬彬有禮的樣
子，自然也不便再跟他計較，但又不
欲與他攀談，一時不曉得該如何應
對。

　　就在這時，丁老師出現了。

　　她來到譚宇軒那幫人面前，帶點

自豪地介紹道：「相信大家都不會陌生，他們就是上次出演《孫悟空大鬧天宮》的碧海粵劇團成員！」

她頓了一頓又接着說道：「由於碧海和藍天兩個粵劇班將會進行聯合公演，為了方便排練，由現在到正式公演期間，他們每天都會來到這兒，跟你們一起進行訓練！」

同學們一聽，都紛紛熱烈地鼓起掌來。

「好哦，他們有演出的經驗，對我們一定會有幫助呢！」文樂心、江小柔、吳慧珠和謝海詩都十分欣喜，

只有高立民暗暗叫苦：「不是吧？那我往後豈不是經常要跟他碰頭？」

丁老師揚了揚手，示意大家安靜後，才接着公布道：「這次演出，我們將會以《花木蘭》為演出劇目。」

「太好了，一聽這個劇目名稱，便知道這場戲必定會有很多武打場面呢！」胡直拍掌笑道。

「我最喜歡花木蘭了，穿上軍服的樣子，英姿颯颯的好不威風！」吳慧珠雙眼閃閃發光。

江小柔也一臉仰慕地道：「我也很欣賞她代父從軍的勇氣啊！」

丁老師意味深長地看了她們一眼，笑道：「這個劇目角色眾多，除了正印花旦花木蘭外，還有正印大將軍、皇帝和番將等角色。在往後的日子，我會集中訓練大家演出時的唱腔和做手，並按照你們的表現進行角色甄選，大家要加油啊！」

　　大家立時都鬥志高昂，特別是高立民。

　　他在心中向自己承諾：「我一定要全力以赴，為自己爭回一口氣！」

　　交代完一切後，丁老師話鋒一轉道：「今天我要教的是水袖舞，而所

謂水袖，就是指演員舞動戲服衣袖前端的一段白布，用以表達人物緊張、發怒或沉思等不同的情緒。」

「我先為大家示範出袖、收袖和拱手三個基本動作，請注意生角和旦角的動作會有所不同啊！」丁老師穿上水袖戲服，以指尖輕掂着兩手的衣袖，時而把手往下甩，時而把手往上揚。

她的動作既俐落又優雅，舉手投足之間，都透着濃濃的古典女性的獨特美態。

「丁老師的動作真優美，如果我

也能像她那樣就好了！」文樂心讚歎
不已。

　「這有什麼難的？」謝海詩笑着
聳了聳肩。

　「就是嘛，不過就是擺弄一下
雙手，怎麼會難到我？」黃子祺立刻

穿上水袖戲服，揚起袖子便往外甩出去，想要做一個拱手的動作。

他的確很輕易便把袖子甩了出去，但當要把袖子收回時，卻收了好幾遍也收不好，陣陣竊笑的聲音此起彼落。

黃子祺不禁有些着急，手下猛地使勁往上一抽，卻

用力過大，袖子竟一下子直接蓋到他的頭上去，惹得大家「咭咭咭」地笑作一團。

「還是讓我來吧！」高立民自信地踏前一步，使勁地將雙手往兩旁甩去。

然而，他的手才剛甩出去，便聽得有人「哎呀」一聲呼痛。

　　高立民扭頭一看，才發現自己右手的袖子，原來甩到了旁邊一位來自碧海劇團的女生臉上來了。

　　他吃了一驚，正要上前查看她的情況，碧海劇團的一眾成員已搶先圍

了上來，大家七嘴八舌地問道：「小悅，你沒事吧？」

其實袖子只是柔軟的綢緞，這位叫小悅的女生不會有什麼事，但她對高立民卻似乎十分不滿，只見她一聲不吭地瞟了他一眼後，便轉身往相反的方向走，明顯是要跟他保持安全距離。

高立民明白是自己不對，本打算向她說聲對不起，但見到她一臉嫌棄的神情時，他心中不禁有氣，便頓時

止住腳步，抿了抿嘴巴嘀咕道：「我又不是故意的，何必要擺出一副生人勿近的樣子啊！」

訓練完結後，高立民、胡直和黃子祺走進更衣室換衣服時，只聽得好幾位碧海劇團的男學員在更衣室內高談闊論。

「唏，你們覺得誰最有機會出演正印大將軍啊？」有人好奇地問。

立即有人回答道：「這次多了藍天劇團的學員一同參演，真的說不準啊！」

一位身形較瘦削的男生，即時不

屑地笑道：「擔心什麼？你瞧他們剛才練水袖功時，居然把袖子甩到小悦臉上來，可見他們水平有多低！」

另一位長得略胖的男生也笑着接腔：「沒錯，我們隊長譚宇軒功力深厚，大將軍這個正印文武生位置，必定可以手到擒來啦！」

「說得好！」他們都樂呵呵地笑了。

高立民、胡直和黃子祺見他們如此狂妄自大，心中都忿忿不平，黃子祺首先忍不住衝上前跟他們理論：「我們才剛起步，表現不好也很正

常，難道你們就沒有當過新人嗎？只
要再過一段時日，我們必定可以迎頭
趕上的！」

　　胡直也趕緊接腔：「沒錯，我們
藍天粵劇班，也同樣可以當正印文武
生！」

「嘿！就憑你們？」那位瘦削的男生瞟了胡直一眼，嗤笑一聲道：「以你們現在的水平，竟然還敢妄想當正印，也真是勇氣可嘉喔！」

胖男生連聲嘖嘖地道：「我勸你們別發白日夢了，還是乖乖回去練好基本功，千萬別在演出時出什麼差錯

連累我們，便已經謝天謝地了！」

其他碧海的成員也笑着附和：「就是嘛！既然自知是新人，就該懂得新人的本分，居然膽敢挑戰我們宇軒哥的正印地位？也太不自量力了吧！」

高立民聽得怒火中燒，禁不住跳上前喊道：「現在時間尚早，最終誰能當上正印還是未知之數呢！」

「好呀，那麼請你們好好加油吧！」那瘦削男生毫不在意地聳了聳肩，回頭與其他成員相視而笑。

見到他們如此張狂，高立民、胡

直和黃子祺都生氣極了：「即使他們比我們較有經驗，也不該如此瞧不起人啊！」

　　為了不丟藍天小學的顏面，他們馬上異口同聲地回嘴：「好，你們等着瞧吧！」

第七章　最大的樂趣

　　隔天回到學校後，當文樂心、江小柔、吳慧珠和謝海詩得知昨天的情況後，都氣憤不已：「豈有此理，他們欺人太甚了！」

　　文樂心氣呼呼地說：「我們一定要好好努力，為藍天小學爭回一口氣！」

　　江小柔皺着眉頭，遲疑地說：「可是，無論基本功還是演出經驗，他們的確都比我們豐富，我們毫無勝算哦！」

高立民即時輕哼一聲道：「學無前後，達者為先，只要加倍努力追回錯失了的時間，我不相信我們不能後來居上！」

　　胡直連忙附和道：「沒錯！現在距離選拔的時間還有一個月，我不信我們不能打敗他們。」

　　吳慧珠卻托着頭，一臉惆悵地說：「話雖如此，但別忘了在我們努力的同時，對方同樣也在努力啊，我們有什麼具體的策略，可以有把握比他們進步得更快呢？」

　　大家都歪着頭，一臉懊惱地沉思

起來。

　　想着想着，文樂心忽然眼眉一挑，嘻嘻一笑道：「我知道我們可以做什麼了！」

　　當天午飯後，文樂心便領着大家來到

操場一角，開始進行集體訓練。

　　他們各自揚起一根以紙張捲成的長棍子，當作臨時的馬鞭，一起練習揮舞馬鞭時的各種動作。

　　在操場上玩耍的同學，見他們的動作稀奇古怪，都紛紛湊上前圍觀。

　　「姐姐，你們跳的是什麼舞？看起來很有趣喔！」有好幾位小學妹好奇地問。

謝海詩揮動手上的棍子，一本正經地搖頭糾正：「小妹妹，這可不是普通的舞蹈，而是粵劇表演上的一些指定動作。」

文樂心熱心地笑着介紹道：「這些動作不但有趣，而且每個動作都是代表着獨特的意思呢！」

高立民把雙手舉至頭部的位置，然後一邊輕輕地晃動十指，一邊

徐徐地
往下落，
完成動作
後，他笑着
回頭朝那些小
學妹問道：「你們猜猜
這是什麼動作？」

　　一位蓄着及肩短髮的小女孩，不
假思索地答道：「是蝴蝶飛舞嗎？」

　　高立民得意地笑着搖頭：「當然
不是啦，這是下雨的意思喔！」

　　「哦，原來是下雨！」她們恍然
大悟。

「你們也來猜猜我這個動作吧！」吳慧珠不甘落後地跑過來，先把雙手朝天做出一個圓形的動作，然後微微蹲下身，再把臉別轉。

短髮女孩搶先回答：「我知道了，是太陽！」

是太陽！

「哇，你猜對了，好厲害
啊！」文樂心、江小柔和吳慧
珠都拍手叫好。

旁邊幾位小女生見同伴答對了，

也興高采烈地嚷着道：「姐姐，你們可以教我們做嗎？」

「當然可以啦！」難得有機會當小老師，文樂心等人自然不會吝嗇，瞬即擺好姿勢，把剛才的動作重新再演練一次。

小女生們認真地模仿着的同時，嘴裏還不忘問東問西，令高立民和文樂心等人都忙於應付，但另一方面，對於自己懂得比別人多，他們心中還是不免感到一絲飄飄然的喜悅。

也正正就是這分優越感，讓他們感受到學習粵劇的樂趣。

霎時間，無論過往練功時再苦再累，他們也覺得是值得的了。

打算要跟譚宇軒一爭長短的高立民，更一下子激發起雄心壯志，除了每天在學校跟導師及同學們進行例行訓練外，晚上回到家後，他也必定擠出時間來練習壓腿、踢腿和各種身段動作。

「嘿，以我這樣的訓練強度，我不相信會趕不上他！」高立民自信滿滿。

第八章　壯志未酬

　　隨着日復一日的鍛煉，高立民果
然是進步神速，很快便把丁老師所教
的動作練得十分純熟。

鍛煉的時間多了，休息的時間自然相對減少，再加上練功消耗了不少體力，故此高立民雖然每天晚上都睡得很香，但卻總是覺得不足，令原本習慣準時起床的他變成了賴床鬼，每天上學都徘徊在遲到的邊緣。

　　日子久了後，他開始有些精神不振，就連上課也呵欠連連。

雖然如此，但他仍然努力不懈地鍛煉，務求能進一步打好根基，拉近跟譚宇軒的差距。

這天下午的粵劇課，丁老師忽然一臉認真地說：「今天我將安排大家以二人為一組，把上回教的那段唱打戲演練一次，以便作為角色甄選的評分。」

丁老師的突擊考核，引起班上一陣譁然。

「不好了，上次的招式我還沒記牢呢！」吳慧珠不安地說。

「唱曲的同時，還要兼顧纓槍的

動作，實在太費勁了，我真怕自己力氣不繼！」江小柔也擔憂地說。

高立民原本是挺有信心的，但偏巧不巧，丁老師竟然安排他和譚宇軒搭檔，頓時令他有點慌亂。

耍纓槍就是要配合鑼鼓節拍，把纓槍時而高舉，時而旋轉，時而與拍檔作出對打的花式動作，當中除了講求手、眼、身、步、法等各方面的協調外，最重要的還是講求跟拍檔的默契。

高立民對譚宇軒有些抗拒，是以從來沒有跟他對練過，雙方沒有任何

默契，當高立民舉起纓槍跟譚宇軒對打時，他一心只想着如何把動作做到最好，以便獲得丁老師的認可。

這段唱打的劇情，主要是要求他跟譚宇軒先行來回對打數十下，然後雙方同時扭轉身子，擺出丁字步站穩

　身子後，再開始對唱。

　　然而，就在雙方轉身的一剎那，
高立民的纓槍不小心碰到了譚宇軒。

　　高立民吃了一驚，急急想要煞住
身子，但由於他的精神狀態本來就不

佳，加上剛才的一輪對打，早已有些筋疲力竭，如今突然要他在旋轉中煞停，他只感到腳下一軟，腳踝輕輕一歪，整個人便跌倒在地上。

「啪」的一聲，把所有人都驚嚇到了。

　「你沒事吧？」譚宇軒急忙上前，伸手欲把高立民扶起來。

　　高立民感到右腳腳踝有些隱隱作痛，但礙於面子，他不欲接受譚宇軒的幫忙，便勉力地強行站了起來。

　　然而，他沒能堅持多久，待丁老

師上前察看他的傷勢時，他已痛得無法站立，只好再次坐回地上去。

丁老師見他傷勢不輕，趕緊即時通知家長帶他去看醫生。

醫生為他檢查完畢後，微笑着囑咐：「放心，你只是輕微扭傷，只要暫時別再走動，好好休息數天便會好轉。」

高立民一樂，緊張兮兮地向醫生確認：「這麼說，我是可以參加三星期後的粵劇演出了？」

醫生搖了搖頭，明確地表示：「你的傷勢雖然不算嚴重，過幾天便可以

行走，但只限於日常走動。你在短期內都不適宜再做任何高難度或劇烈的運動，否則有機會再次扭傷啊！」

　　「啊，那麼我之前如此辛苦的鍛煉，豈不是全部都白費了？」高立民登時晴天霹靂。

　　醫生的判斷果然沒錯，不過數天
後，高立民便可以如常回校上課。

　　只可惜他暫時不能做高難度的動

作，丁老師只好安排他做一些簡單的熱身運動，不許他再參與任何排練活動。

眼巴巴地看着其他同學在努力排練，自己卻變成一個無所事事的閒人，高立民心中滿不是滋味。

但接下來，還有更傷心的事情在等着他呢！

丁老師環視了眾人一眼，故意賣關子地笑道：「經過反覆的評估後，角色名單終於出爐了！」

大家連忙豎起耳朵，滿心期待地傾聽着。

丁老師一字一句地公布：「正印花旦花木蘭，分別由江小柔飾演女裝版和文樂心飾演男裝版；正印文武生大將軍一角，由譚宇軒出任，黃子祺飾演皇帝，而吳慧珠、謝海詩和胡直則同時擔任番將。」

「耶，我們都可以當花木蘭啊！」
江小柔和文樂心高興得互相擊掌。

「我都說嘛，我們隊長譚宇軒
是正印文武生的不二之選，不選他還
能選誰喲！」碧海劇團的學員也拍手
歡呼，弄得譚宇軒一臉窘迫地連連擺
手。

黃子祺和胡直同
樣興奮莫名，二人
同時大步一跨，
各自做出一個威
武的身段動作，
以示慶祝。

吳慧珠在
得知自己和謝
海詩都要反
串當番將時，
更是既緊張又
疑惑地問道：
「海詩，我們是女生，該如何當男生
啊？」

　　謝海詩還來不及回應，黃子祺已
嗤笑一聲道：「以你平日的言行舉止，
當男生絕對勝任有餘啦！」

　　吳慧珠瞪他一眼：「你這是什麼
意思啊？」

丁老師也橫了黃子祺一眼，詳細地解說道：「在粵劇的世界裏，無論是男生反串旦角，還是女生反串生角，都是十分常見的事，不值得大驚小怪的。」

她頓了頓又補充道：「劇團是一個群體，無論是擔當正印還是跑龍套的小角色，所有台前幕後的人員，都是戲劇中不可或缺的一部分，大家必須群策群力，才可以為觀眾帶來一場精彩的演出啊！」

為了演好這場《花木蘭》折子戲，藍天劇團和碧海劇團都傾巢而

出，唯獨欠了高立民一個人。

　　這對於一直志在必得的高立民來說，實在是太殘酷了。

　　「丁老師，求求你也讓我一同參與吧，我保證必定不會讓你失望的！」高立民苦苦央求。

「我也很希望你能參與，但奈何你的腿傷還未完全康復，萬一不小心再次弄傷，後果會大大不妙的，我們不能冒這個險。」丁老師搖了搖頭，一臉愛莫能助地看着他，柔聲安慰道：「下次吧，好嗎？以後還會有很多演出機會。」

高立民很不甘心，繼續哀求道：「丁老師，我拚命操練了這麼久，無非就是希望可以登場演出，我說什麼也不要坐在台下當觀眾！求求你了，無論什麼角色，只要能夠踏上舞台演出就好！」

丁老師見他如此堅決，也不禁為之動容。

她沉吟片刻後，終於點了點頭道：「既然如此，我就姑且破例，安排你當一名只需站着揮動旗幟的小旗手吧！」

對於這個安排，高立民自然不是十分滿意，但他深知這已經是丁老師最大程度的讓步，於是也就只好無奈接受了。

第十章　長了翅膀的纓槍

　　期待已久的粵劇大匯演，終於要開鑼了。

　　演出當天早上，高立民聯同文樂心、江小柔等人，一大早便來到主辦

單位安排的表演場地，以便可以儘快適應，為演出作好充足的準備。

他們跨進演出的場館後，才發現這兒是一個足以容納接近一千名觀眾的大舞台。

吳慧珠環視了四周一眼，發現台

上置有一座十多米闊的電子顯示屏，不禁讚歎道：「原來現在的粵劇表演，已經使用電子顯示屏作為舞台布景板啊！」

高立民點點頭道：「如此一來，換場景時就省事得多了！」

謝海詩以一副專家的口吻道：「這兒的設備十分先進，是粵劇表演的熱門場地，許多粵劇名伶都曾經站在這個舞台上演出呢！」

身為正印花旦之一的江小柔，心窩立時撲通撲通地急跳：「站在如此盛大的舞台上，萬一失手會很失禮

啊！」

　　就在這時，一把聲音插了進來：
「演出時出現突發狀況是在所難免的，
但正如丁老師所說，我們是一個團隊，
只要大家同心協力，互補不足，我相
信沒有什麼困難是解決不了的！」

　　江小柔抬頭一看，原來說話的
人，正是飾演大將軍的譚宇軒。

「不錯，小柔，你並非一個人，你還有我們啊！」譚宇軒的話說得鏗鏘有聲，大夥兒都紛紛和應，大家的士氣剎時提高了不少。

不一會兒，其他表演團體也相繼到場，丁老師開始為大家安排化妝、換戲服及綵排等工作。

忙碌了大半天，終於到了正式登台演出的那一刻。

而率先登場的，便是飾演女裝花木蘭的江小柔。

江小柔瞄了一眼台下的觀眾席，只見下面坐滿了兩校的師生及其他慕

名而來的觀眾，她緊張得手心都在冒汗。

　　幸而在大將軍譚宇軒及皇帝黃子祺的帶領下，她很快便進入狀態。

　　也許是由於他們的演出夠投入，他們三人在唱、唸、身段和做手等各

方面的表現都不俗，再配上一張張天真可愛的孩子臉，令人看得特別開懷，博得觀眾不少的掌聲。

當劇情來到花木蘭從軍的時候，飾演男裝花木蘭的文樂心披甲上陣，與大將軍譚宇軒聯手，合力對抗飾演

番將的吳慧珠、謝海詩和胡直，大家以纓槍互相對打起來。

至於受傷了的高立民，則只能跟數位低年級的同學一起舉着旗幟，站在舞台的兩側當小旗手。

看到譚宇軒穿着一身藍白色的大

靠戰袍，頭戴盔頭，手握紅白色纓槍，威風凜凜地站在舞台上，高立民心中難免有些失落。

若非自己當初太急進，令自己不慎受了傷，從而錯失良機，如今站在台上的人，會不會就是自己呢？

　　正當高立民胡思亂想之際，旁邊一位小旗手突然「噢！」地低呼一聲。

　　高立民抬頭一看，才赫然發現有一根

長長的纓槍，竟然像長了翅膀似的，

直向着他的方向飛過來。

　　「怎麼回事？」高立民嚇

得目瞪口呆。

第十一章　救命恩人

　　就在高立民陷入沉思的那一刻，文樂心和譚宇軒正揮舞着長長的纓槍，跟身為番將的吳慧珠、謝海詩和胡直輪番對打。

也許是文樂心用力過猛，當她的纓槍跟吳慧珠的那一根相碰時，文樂心感到手心猛然一震，握着的纓槍便隨即脫

糟了！

手而出，

並順着那股勁度

「嗖」的一聲，向着站在

舞台後方的高立民直飛而去。

正在舞台上演出的五位表演者，
都頓時臉色大變。

事情發生得太突然了，高立民
一時也拿不定主意，自己到底該繼續
緊守崗位，還是該不顧一切地逃跑保
命。

然而時間實在太急迫，就在他這

轉念之間，纓槍已然來到眼前，
即使他想要拔腿逃跑，也已經來
不及了。

　　高立民已嚇得
不懂反應。

　　就在這要緊關頭，大將軍譚宇軒忽然快步衝前，並同時揚起手中的纓槍，用力將那根長了翅膀的纓槍往反方向一挑，那根纓槍便即時掉頭往回飛。

　　文樂心的反應也十分敏捷，當即

一躍上前，牢牢地把
纓槍重新接住。

譚宇軒把纓
槍挑了回去後，
還接連再翻了好
幾個跟斗，才

裝出一副從容的樣
子回到原來的位置。

一切都發生在短短的一瞬間，譚
宇軒憑着敏捷的身手，不但替高立民
化解了危機，還把失誤遮瞞了過去，
讓觀眾們都以為這一連串的動作，都
是表演者為了製造高潮而故意為之，

反而博得了熱烈
的掌聲與歡呼
聲。

　　表演完畢後，高立民第一時間衝
上前去，誠懇地握着救命恩人的手
道：「全靠你救了我一命，謝謝你！」

謝謝你～

　　把一切看在眼內的丁老師，也朝
譚宇軒豎起大拇指讚道：「幹得好！」

　　譚宇軒搖了搖頭，謙讓地笑道：
「其實是全靠高立民表現鎮定，才不
至於露出馬腳呢！」

　　對於譚宇軒應變能力之快、身手

幹得好！

之敏捷，高立民早已深感折服，如今聽到他這麼一說，頓時大感汗顏，趕緊連連擺手道：「我哪兒是鎮定？我是完全被嚇呆了啦！幸好你夠機警，不但替我解了圍，還能不動聲色地把一切掩飾過去，完全沒有驚動觀眾，真是太厲害了！」

連串的誇讚令譚宇軒不好意思地搔着頭，漲紅着臉説道：「其實這也沒什麼啦，以前初登舞台的時候，我也曾經出過許多小差錯，錯得多了，自然也就懂得該怎麼處理了。」

「經驗的累積，才是最珍貴的啊！」高立民聽得連連點頭，「下次有機會的話，我們一定要再合作，讓我可以有機會跟你切磋交流呢！」

「好啊，我們一言為定！」譚宇軒笑着跟他擊掌為約。

第十二章　傳承萬世

農曆新年過後，便是另一個學期的開始，粵劇班又再招募了一批新學員。

到了第一次上課的那一天，場面可就熱鬧了。

十來個低年級的同學正擠在活動室的門外，探頭探腦地到處張望，一副既好奇

又膽怯的樣子，像是要參加什麼探險之旅似的。

丁老師有些好笑地看了他們一眼，回身指了指後方的高立民、文樂心和黃子祺等人，朗聲地吩咐道：「我們劇團講求團結，新學員若遇有不明白的地方，可以多多請教師兄師姐，發揮互助精神，知道嗎？」

「小柔，我們要當師姐了呢！」文樂心在江小柔耳邊低語。

江小柔也十分驚喜地回道：「對啊，真沒想到我們這麼快便可以升級呢！」

不一會兒，大家在丁老師的一聲令下，便開始練習壓腿、踢腿、一字馬等恆常基本功。

高立民、文樂心等人對於這些基本功，早已是駕輕就熟，但對於一班新學員來說，卻是一個艱難的挑戰。

他們身為師兄師姐，都熱心地走上前，幫忙指正師弟師妹們的動作。

　　當高立民經過一位及肩短髮的小師妹旁邊時，正在做壓腿的她忽然回頭跟他招呼道：「師兄，我們又見面了！」

「你是……」高立民怔住了。

他並不認識這位小師妹，但卻覺得有些眼熟，正自尋思在哪兒見過時，她已經主動告訴他道：「你忘了嗎？那天你們在操場上練功時，還告訴了我們許多有趣的粵劇知識呢！」

旁邊另一位女生也插嘴道：「我們就是在看完

你們的排練後，發現粵劇原來這麼有

趣，才決定報名參加粵劇班呢！」

　　「我們也一樣啊！」好幾位師弟

也爭相和應。

　　「真的嗎？」得知自己當日的即

興表演，竟然能令多位低年級同學對

粵劇產生興趣，高立民驚訝得張大了

嘴巴。

文樂心欣喜地拍手笑道：「太好了，我們又多了一班志同道合的隊友呢！」

黃子祺嘿嘿一笑道：「想不到我們的影響力也挺大的啊！」

吳慧珠眼珠伶俐地一轉，半認真半開玩笑地說：「我們這樣，算不算是文化傳承啊？」

「當然算啦！」丁老師笑着接腔，朗聲向大家宣布：「為了讓粵劇這個文化藝術能夠繼續傳承下去，我們的演出也不能停下來，故此在下半

年，我會安排另一場粵劇表演。」

「太好了！這次我們會出演什麼劇目呢？」黃子祺興致勃勃地問。

「這次的劇目有些特別——」丁老師故意神秘地瞄了大家一眼，才緩緩地接着說道：「就是英文粵劇了！」

文樂心撓着小辮子，驚奇地問道：「粵劇是中國的傳統文化，我怎麼也無法想像，該如何把它和英文聯繫在一起？」

丁老師笑着回答道：「這就得歸功於劇作家們努力不懈的成果了！經過劇作家們不斷的嘗試與創新，他們

在盡量保留傳統戲曲藝術的前提下，加入了其他創新的元素，令傳統藝術變得更多元化，也更具新鮮感，而英文就是其中一個新嘗試。」

高立民、江小柔、黃子祺和謝海詩都目光一亮：「聽起來，好像真的很吸引哦！」

胡直則托着下巴，有點擔心地說：「可是，我英文科向來都不太好，是不是就沒有機會出演了？」

　　「怕什麼，你有我嘛！」高立民一拍他的肩膀，「我們已經是大師兄了呢，我們一定要努力克服困難，為師弟師妹樹立好榜樣！」

　　「對啊，無論是什麼難關，我們

都一起挽手闖過去！」黃子祺也滿腔熱血地説。

　　文樂心等人聽了，當即附和道：「沒錯，就讓我們一起努力，期望他日可以成為粵劇界的一分子。」

　　「太好了！」丁老師欣慰地一拍掌，「能有你們這些新力軍加入，粵劇這門博大精深的傳統藝術，必定可以繼續發光發熱，綿延萬世！」

鬥嘴一班學習系列

- 每冊包含《鬥嘴一班》系列作者卓瑩為不同學習內容量身創作的 全新漫畫故事，從趣味中引起讀者學習不同科目的興趣。
- 學習內容由不同範疇的專家和教師撰寫，給讀者詳盡又扎實的學科知識。

本系列圖書

中文科
漫畫故事創作：卓瑩
學科知識編寫：宋詒瑞

成語

錯別字

兩冊分別介紹成語的解釋、典故、近義和反義成語；以及常見錯別字的辨別方法、字義、組詞和例句，並提供相應練習，讓讀者邊學邊鞏固知識！

英文科
漫畫故事創作：卓瑩
學科知識編寫：Aman Chiu

精心設計 36 個英文填字游戲，依照生活篇、社區篇、知識篇三類主題分類，系統地引導學習，幫助讀者輕鬆掌握英文詞語。

常識科
漫畫故事創作：卓瑩
學科知識編寫：新雅編輯室

最新出版

配合小學常識科課程的範疇，帶出不同的常識主題，幫助讀者輕鬆溫習常識科內容。

數學科
漫畫故事創作：卓瑩
學科知識編寫：程志祥

精心設計 90 道訓練數字邏輯、圖形與空間的數學謎題，幫助讀者開發左腦的運算能力和發揮右腦的創造潛能。

各大書店有售！　　定價：$78 / 冊

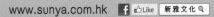

鬥嘴一班 31
好戲大舞台

作　　者：卓瑩
插　　圖：Alice Ma
責任編輯：張斐然
美術設計：郭中文

出　　版：新雅文化事業有限公司
　　　　　香港英皇道 499 號北角工業大廈 18 樓
　　　　　電話：(852) 2138 7998
　　　　　傳真：(852) 2597 4003
　　　　　網址：http://www.sunya.com.hk
　　　　　電郵：marketing@sunya.com.hk
發　　行：香港聯合書刊物流有限公司
　　　　　香港荃灣德士古道 220-248 號荃灣工業中心 16 樓
　　　　　電話：(852) 2150 2100
　　　　　傳真：(852) 2407 3062
　　　　　電郵：info@suplogistics.com.hk
印　　刷：中華商務彩色印刷有限公司
　　　　　香港新界大埔汀麗路 36 號
版　　次：二〇二四年三月初版

ISBN: 978-962-08-8362-0
© 2024 Sun Ya Publications (HK) Ltd.
18/F, North Point Industrial Building, 499 King's Road, Hong Kong
Published in Hong Kong SAR, China
Printed in China